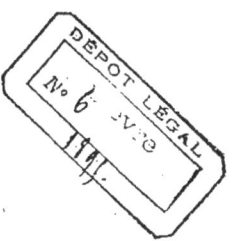

UN POÈTE PHILOSOPHE ESPAGNOL

ÉTUDE

SUR

LES · DOLORAS

DE

RAMON DE CAMPOAMOR

PAR

PIERRE VILLE,

PROFESSEUR DE RHÉTORIQUE AU LYCÉE DE NEVERS,
AGRÉGÉ DES LETTRES.

Prix : **50** centimes.

NEVERS,

G. VALLIÈRE, IMPRIMEUR.
Place de la Halle et rue du Rempart.

1895

UN POÈTE PHILOSOPHE ESPAGNOL

ÉTUDE

sur

LES · DOLORAS

DE

RAMON DE CAMPOAMOR

PAR

PIERRE VILLE,

PROFESSEUR DE RHÉTORIQUE AU LYCÉE DE NEVERS,
AGRÉGÉ DES LETTRES.

NEVERS,

G. VALLIÈRE, IMPRIMEUR.
Place de la Halle et rue du Rempart.

—

1895

LES DOLORAS

DE

RAMON DE CAMPOAMOR

Dans un excellent article publié l'an dernier par la *Revue encyclopédique*, M. Léo Quesnel, étudiant les principaux écrivains de l'Espagne contemporaine, a réservé une place d'honneur à Ramon de Campoamor. Ce poète, dont l'Espagne est si justement fière, est sans doute inconnu des lecteurs français. La France, si curieuse aujourd'hui des littératures du Nord, s'est éprise du génie hautain d'Ibsen, en qui revit le *moi tout rond,* l'individualisme sauvage des Vikings scandinaves ; elle aime le réalisme attendri, le *Misereor super turbam* de Dostoiewsky et des grands romanciers russes ; mais elle ne sait rien et ne veut rien savoir de l'Espagne contemporaine. Que de fois j'ai entendu de fins lettrés, voire des Normaliens (il est vrai que c'étaient des jeunes au verbe quelque peu tranchant) affirmer avec intrépidité que, depuis Cervantes et Calderon, le génie espagnol n'avait rien produit qui vaille. La vérité, c'est qu'après une longue période de langueur et de stérilité, l'Espagne a eu en ce siècle une glorieuse renaissance, et qu'après l'Atticisme un peu grêle des francisés du siècle dernier, on a vu, de notre temps et surtout depuis le règne d'Isabelle II, la poésie couler de nouveau à pleins bords. Mais on ne s'en doute guère chez nous. Tel qui connaît vaguement les écrivains espagnols contemporains, tel auteur d'anthologie qui cite de seconde main et qui n'aurait rien à citer si M. Louis Lande avait gardé pour lui son savoir, croit faire grand honneur à Trueba, le poète des « Cantares », en l'appelant un Béranger espagnol. Je ne sais qui a comparé l'illustre Pedro de Alarcon, poète, romancier, critique, publiciste de premier ordre, à notre spirituel mais frivole Edmont About, rapprochement parfaitement juste, si Alarcon n'avait jamais écrit que le « Final de Norma ». Grâce à Dieu, Campoamor a échappé à toute comparaison de ce genre, et le seul critique français qui, à ma connaissance, ait parlé de lui, M. Léo Quesnel, l'a apprécié en quelques lignes avec autant de justesse que de savoir.

L'œuvre de Campoamor se compose d'un poème sur Christophe Colomb, du Drame Universel, des Pequeños Poemas, parmi lesquels se distingue par sa tragique horreur la trilogie des Trois Roses. Citons encore les boutades « humoradas », où l'élégante concision de la forme relève si heureusement la science du psychologue. On dirait d'un La Rochefoucauld qui serait poète, et peut-être la poésie a-t-elle continué de pousser vivace et drue sur les débris des illusions mortes, parce que chez Campoamor le pessimisme est resté sans aigreur. Mais, quelle que soit la valeur de tous ces ouvrages, je m'en tiendrai au plus caractéristique de tous, à celui qui résume le plus complètement la

pensée du philosophe et l'art discret et sobre de
l'écrivain : *les Doloras.*

Si j'avais à conseiller à quelqu'un des trop rares
amis des lettres castillanes le choix d'une édition de
ce poème, je commencerais par écarter l'édition de
G... frères. Je la condamne sans la connaître, ce qui
n'est pas très-équitable, mais je juge par analogie.
Depuis que j'ai relevé dans le *Protestantisme de*
Balmès, publié par ces Messieurs, 1,500 fautes d'im-
pression en 800 pages, je me méfie beaucoup du zèle
de leur correcteur. Bien supérieur, à coup sûr, est le
Campoamor édité par Brockhaus à Leipzig : le papier
est solide, quoique un peu mince, les caractères
élégants, les *coquilles* assez rares,

> quas aut incuria fudit,
> Aut humana parum cavit natura.

Mais il faut faire relier tout de suite ces volumes-là,
car le brocheur les a mal armés pour les luttes de
l'existence, et ces bons Allemands n'ont pas même eu
l'idée de donner au titre sur le dos de la brochure une
disposition typographique élégante et nette. Combien
j'aime au contraire les deux ravissants petits volumes
de l'édition de Barcelone, collection Diamant — Lopez
— Rambla del Centro. C'est correct, c'est élégant, c'est
agréable à l'œil, et chaque volume coûte deux réaux,
cinquante centimes. Je ne trouve à redire qu'aux jolis
dessins en couleur de la couverture. Ils sont charmants,
à coup sûr, mais plus galants que philosophiques. Cette
belle *manola* qui, jouant de la prunelle et de l'éventail,
émerge d'une branche de lilas, conviendrait à l'œuvre
d'un voluptueux vulgaire, et Campoamor a parlé de
l'amour avec la gravité d'un penseur. Laissons ces

gentilles vignettes aux paquets de cigarettes de Séville et aux boîtes de raisins de Malaga : c'est là qu'elles sont à leur place.

Qu'on me pardonne ces détails de librairie : quand on aime les livres, tout intéresse en eux, le corps et même l'habit presque autant que leur âme. Les bibliophiles me seront cléments.

———

Le recueil des Doloras n'est pas écrit par un adepte de l'art pour l'art. Ceux qui estiment avec un sot orgueil que la poésie a sa raison d'être en elle-même, que le poète déroge en consacrant à la science, à la foi, à la patrie, à la philosophie les joyaux qui naissent sous ses mains, ceux pour qui la préface de Mlle de Maupin représente la loi et les prophètes, ceux-là ne trouveront pas leur compte avec Campoamor. Mais la race dédaigneuse de ces purs artistes existe-t-elle encore ? Même aux beaux temps du Romantisme, le maître les a condamnés : « *L'urne qui refuse d'aller à la fontaine mérite la huée des cruches,* » disait Victor Hugo. Et de fait, les plus grands poètes croient pouvoir, sans s'abaisser, offrir en hommage à l'Idée la riche parure du symbole. Ils sentent que l'image est d'autant plus précieuse qu'elle sert à revêtir une pensée. Il serait étrange en vérité qu'on parlât moins bien parce qu'on a quelque chose à dire ! De Parménide à Lucrèce, de La Fontaine à Lamartine et à Sully-Prudhomme, que de poètes se sont bien trouvés d'avoir vu dans la poésie quelque chose de mieux qu'un jeu transcendant et un dilettantisme supérieur !

Parmi les poètes philosophes, il en est qui passent volontiers d'une doctrine à une autre, et il en est aussi

qui entreprennent de concilier les doctrines les plus
opposées. Ainsi Virgile, dans la *Descente aux Enfers*,
prétend associer aux croyances de l'âge homérique les
enseignements bien différents de Pythagore et de
Platon, et notre Victor Hugo a revêtu des splendeurs
de sa prodigieuse poésie onze systèmes bien comptés
tout à fait inconciliables. Une pareille incohérence
n'est pas imputable à Campoamor. Tout se tient dans
son système de philosophie. C'est un scepticisme assez
radical pour atteindre à ces extrêmes frontières de la
pensée germanique où la vieille logique d'Aristote et
du sens commun s'évanouit dans les brumes verti-
gineuses de l'identité des contraires. Insister sur l'impuissance de la raison humaine, sur les contradictions
innombrables de nos idées, de nos sentiments, de nos
préjugés, mépriser la science et la philosophie, ce qui,
disent les Pyrrhoniens, est vraiment philosopher,
considérer la croyance au bonheur comme une illusion
funeste, ou plutôt placer le souverain bien dans le néant,
dans le *Nirvâna* des Bouddhistes, voilà l'esprit des
Doloras. Rien de moins Espagnol. Oui! Campoamor
se distingue absolument de ses concitoyens. Il est bien
loin de la foi du charbonnier, si candide et d'un charme
si populaire dans l'œuvre de Trueba, bien loin de la
foi savante d'un Balmès, toute nourrie des leçons de
l'histoire et de la théologie de saint Thomas, bien loin
du zèle fougueux de Fernan Caballero, cette Jahel, cette
Judith armée pour l'Église et l'ancien régime, bien loin
même de cette sympathie vouée au catholicisme par
Alarcon, quand le repentir du démagogue désabusé se
fut allié dans son âme à l'admiration des chefs-d'œuvre
de l'art chrétien.

L'esprit des Doloras est antichrétien, mais on pour-
rait croire le contraire quand on rencontre à chaque

instant dans ce poème des épigraphes empruntées à l'*Imitation*, ou, comme dit l'auteur, à Thomas a Kempis : « Ne te tiens jamais pour assuré de rien en cette vie. — Tu n'es pas plus saint parce qu'on te loue, ni plus vil parce qu'on te méprise : tu es ce que tu es. —Penses-tu satisfaire tes appétits? Tu n'y parviendras jamais. — Ne t'appuie pas sur le roseau creux... toute la gloire de ta chair tombera comme la fleur de l'herbe.» Mais, à vrai dire, l'enseignement de l'Église débute souvent par le Pyrrhonisme pour humilier notre raison superbe et élever la foi sur ses ruines. Je m'exprime mal : ce n'est pas ruiner la raison, c'est l'affermir que de la subordonner à la foi. Tout est vain dans l'homme, il est vrai, mais aussi tout est grand ; il est le *rebut de l'univers*, mais il en est *la gloire ; ce n'est qu'un roseau le plus faible de la nature, mais c'est un roseau pensant*. Voilà comment, par la voix d'un Bossuet et d'un Pascal, l'Église explique l'Énigme de notre nature. C'est là le seul scepticisme fécond, celui qui achemine à la foi ; tout autre scepticisme est le suicide de la pensée. Bien mieux que les Doloras, le livre de Pascal répond à nos douloureuses angoisses. On se trompe bien souvent sur Pascal, ce qui est sans excuse après tant de savantes études dont ce grand homme a été l'objet. Sa foi est réelle, son scepticisme aussi. Le doute de Pascal n'est pas un simple artifice de théologien : il est sincère et complet, et, si Dieu n'avait pas parlé par la Révélation, Pascal serait demeuré Pyrrhonien autant que Montaigne lui-même. D'autre part, il suffit que la voix de Dieu nous ait instruits de nos destinées pour que le scepticisme de Pascal disparaisse. On le représente à tort harcelé par le doute jusque dans le sein de la Religion. C'est mal le comprendre : le seul doute dont il ait souffert, et il en a cruellement souffert, ne portait pas sur la vérité de la Religion ; Pascal a seulement douté de son salut et s'est demandé avec angoisse s'il appartenait au petit nombre des élus ou à la multitude des réprouvés. Janséniste, il était riche de foi , pauvre d'espérance !

Le doute de Campoamor est bien différent ; c'est presque le doute universel des vrais Pyrrhoniens, c'est la raison frappée d'impuissance et de mort par l'impossibilité de rien affirmer. Ainsi, il a fait avec Pascal la moitié du chemin ; il l'a suivi jusqu'au seuil du sanctuaire qu'il n'a pas voulu franchir. Mais cela suffit pour que Pascal lui ait inspiré une sympathie attendrie, une admiration chaleureuse.

Voici comme il en parle dans le « sixième sens* » :

« Le Seigneur, voyant dans le monde — le désordre de toutes parts, — voulut lui donner un guide et un maître — et parla ainsi : — « J'ai donné cinq sens à l'homme, — et jamais il ne me comprend ; — je donnerai à un être destiné à étonner le monde — un sixième sens de plus. — Je veux faire don au monde — d'un homme à l'âme géante, — grande comme la religion, — brillante comme la gloire ; - que la foi et la science jaillissent de ses lèvres — comme éclosent les fleurs au printemps ; — plus docte que les plus savants, — bon plus que les meilleurs. — Que de la créature humaine — cesse l'éclipse morale. — Salut à ma meilleure création ! » — Il dit, et Blaise Pascal naquit. »

Voilà certes un hommage grandiose ; mais on s'étonnera peut-être que le poète des Doloras n'ait pas parlé de Lucrèce et de Montaigne, dont la pensée est si souvent sœur de la sienne. Comme lui, ils se sont plu, l'un à humilier notre fausse sagesse et notre présomp-

* Dolora LVI.

tueux dogmatisme, l'autre à nous désespérer par le tableau de notre incurable misère :

Medio de fonte leporum
Surgit amari aliquid quod in ipsis floribus angit.

Et pourtant, le poète Asturien ne les cite pas. C'est que, tout en les dépassant de toute la hauteur de la sagesse chrétienne, Pascal les résume admirablement tous deux. Pascal lui suffit. En revanche, les tragiques douleurs de Job, le satanique désespoir de lord Byron sont présents sans cesse à l'âme de Campoamor :

« Après Job, pour apaiser mon chagrin*, — je lis les chants de Byron avec ardeur. — Mais, épouvanté de tous deux, je jette loin de moi — Job avec tristesse, Byron avec horreur ; — entre un vil fumier et un noir enfer, — l'un m'ôte la foi, l'autre le calme, — et, à la fin, entre l'ancien et le moderne, — je préfère le Job du corps au Job de l'âme ! »

Noble inconséquence d'une âme où toute lueur de christianisme n'est pas éteinte ! Campoamor n'estime pas, comme tant d'autres Hégéliens, que le génie vaut la vertu. Non ! il se détourne avec épouvante de cette lèpre que l'orgueil romantique a glorifiée. Ainsi, saint Louis disait à Joinville :

« Nule si laide mèselerie n'est comme d'être en péchié mortel. »

Un scepticisme aussi radical, et dont bien des citations attesteront la hardiesse, ne devrait pas s'arrêter, à ce qu'il semble, devant la vieille distinction du bien et du mal. Que dit-on, en effet, chez les Hégéliens et les Néo-Bouddhistes ? « Oui égale non. L'être est

* Dolora CI. « Mes lectures ».

identique au néant. — Nous flottons dans le vaste sein de *Maya*, l'éternelle illusion. La volupté est peut-être une pensée. » A toute question la *thèse* complaisante répond : oui ; l'*antithèse* : non, et la *synthèse* a le dernier mot : elle dit tout ensemble : oui et non. C'est là, je crois, l'enseignement d'Hégel, mais ne nous flattons pas trop d'y voir clair : « Fichte seul m'a compris, disait le grand assembleur de nuages, et encore ne suis-je pas sûr qu'il m'ait compris ! » Sur le terrain de la raison pratique, Campoamor devient circonspect : il s'inquiète des conséquences que les passions sont toujours prêtes à tirer des doctrines. Cette idée de la responsabilité philosophique nous a valu le plus beau des romans de Paul Bourget. Greslou n'eût pas commis son crime s'il n'avait pas lu Adrien Sixte. Ainsi un philosophe sincère, loyal, désintéressé, un être d'élite habitant les « *templa serena* », au-dessus de la région des vapeurs grossières et des orages, peut fort bien avoir été par ses doctrines le facteur essentiel du plus lâche des attentats. Qu'on ne dise pas que le *Disciple* est une âme naturellement perverse : les exemples abondent de pareilles âmes élevées, redressées, purifiées par le spiritualisme et surtout par la loi de Jésus-Christ. — *Via, veritas et vita*. Campoamor a cherché dans l'histoire l'exemple que Paul Bourget a demandé à la fiction. Le poète va nous montrer comment l'affranchissement des passions les plus hideuses est en germe dans cette souveraineté du *moi* enseigné par Descartes et comment le crime peut sortir du *cogito, ergo sum.*

« La reine de Suède*, un jour, — recevant gravement — une leçon de philosophie — disait à Descartes — avec gravité

* Dolora LI.

ce qui suit : — Maître, vous poussez à l'excès — la foi de mon ignorance *. — Je pense, donc je suis. — N'est-ce pas dire : — Je pense, donc je sais que je sais ?... — Ne vous fâchez pas ; — avec patience — je prouverai que votre science — peut se résumer ainsi : — Je suis ce qui est. — Conséquence : — Il n'y a pas de vérité dans l'expérience — ni de bonheur hors de moi, — puisque la conscience tire — foi, bonheur et vérité d'elle-même. — ... Je suis le seul être, de façon — que, si ma conscience est tout, — tout le reste n'est rien... — Conclusion : — Ma vérité est la vérité — ma raison est la raison. »

On se rappelle la scène piquante de l'*Essai sur l'Indifférence :* Le fou qui se prétend Descartes met le Cartésien hors de combat. Que répondre, en effet, si l'on reste fidèle aux principes du maître, à qui vient vous dire : « La preuve que je suis Descartes, c'est qu'il m'est impossible d'en douter ? »

Chez Campoamor la conclusion est plus tragique :

« Quand Descartes fut mort, — Christine du « je sais que je sais » — tira les conséquences — et tua Monaldeschi. »

Ainsi la philosophie peut être dangereuse, mais le plus souvent elle n'est que frivole. C'est une comédie jouée devant la foule, où, tour à tour applaudis et hués par l'élite et par la canaille, Héraclite et Démocrite, Socrate et Diogène viennent débiter leurs rôles, sans que l'esprit humain fasse un pas.

« En écoutant les sages **, — le peuple ignore ce qu'il a à faire : — Douter ou croire, — rire ou pleurer. »

---

* Sans doute : « Vous abusez de mon ignorance pour m'obliger à vous croire. »

** Dolora LXX. « La Comédie du Savoir. »

Si nous cherchons dans l'histoire le secret de notre destinée, toute la Science nouvelle de Vico ne vaut pas le mot final du sacristain de village :

« Il n'y a pas grand mérite * — dit-il au maître d'école — à ravauder ainsi l'histoire. — Naître, grandir, mourir, — le premier venu sait cela ! — N'en déplaise à vos opinions, — ne vaudrait-il pas beaucoup mieux — dire à toute chose : — Tu es poussière — et tu retourneras en poussière ! »

C'est en effet l'enseignement de l'Église, mais ce n'est pas là toute sa doctrine : notre être tout entier n'est pas promis aux vers du tombeau. Mais Campoamor ne retient des leçons de l'Église que ce qui peut abattre notre fierté. Il est bien un de ces enfants des hommes par qui les vérités, dit l'Écriture, ont été diminuées.

Vanité de la pensée ! Vanité des joies de la vie ! Admettons un instant la métempsychose : élevons-nous dans la série des existences successives de la fleur à la brute, de la brute à l'oiseau, de l'oiseau à la femme, au savant, au dictateur :

« Femme et belle je naquis ** : — amante, je fus sans foi, — épouse, je fus outragée. — Celui qui m'aimait, je l'abhorrai, — et je fus trompée par celui que j'aimai.

» Homme enfin, cherchant la science — et la vérité dans une lutte à l'issue funeste, — j'ai eu dès l'âge le plus tendre — pour objet l'immensité — et pour terme le néant.

» En moi, quand je fus César, — la gloire fonda sa grandeur. — Toujours je vins, je vis, je vainquis ! — J'adoptai un fils. Hélas ! — Il grandit, je l'aimai, il me tua. »

---

* Dolora LXXIV.
** Dolora LXIX. La Métempsychose.

Et voici la conclusion mélancolique de cette belle
Dolora :

« Qu'importe d'être homme ou fleur, — hélas ! si changer de
destin — c'est seulement changer de douleur? »

Si telle est notre condition, le mieux est de n'y point
penser. Peut-être est-ce un bienfait pour nous que
notre esprit s'égare en mille niaiseries. Pascal prouve
que le divertissement, et par là il entend tout ce qui
nous détourne de penser à notre misère, est la pire de
toutes nos misères, puisqu'il nous fait oublier l'unique
affaire importante qui est notre salut. Mais Campoamor ne creuse pas à de telles profondeurs. Il se
borne à signaler, même chez les plus grands hommes,
la surprenante frivolité de la pensée. Voici Charles-
Quint, au monastère de Yuste, étendu vivant dans son
cercueil. Tandis qu'on récite pour lui l'office des Morts
et que les formidables strophes du *Dies iræ* s'envolent
vers le ciel, à quoi peut bien s'arrêter la pensée de ce
fier conquérant ou la méditation de ce chrétien fervent
dont la mort est si proche? Il est uniquement pré-
occupé de ce qu'il vient d'entendre murmurer par une
vieille :

« Est-il laid, ce petit vieux [*] ! » — Et, tandis que la multitude
— croit que le grand empereur — plus encore que dans son
cercueil — est enseveli dans sa douleur, — lui, fronçant le
sourcil — et, buté à cette idée puérile, — il dit : Moi! vieux et
laid ! — C'est elle qui est vieille et laide! »

Comme Montaigne, comme Pascal, comme tous les
Pyrrhoniens, Campoamor aime à prendre les hommes
en flagrant délit d'inconséquence, spectacle encore plus

[*] Dolora LXVIII. Les Grands Hommes.

piquant quand il s'agit précisément des grands hommes.
Il met en scène un de ces fléaux de Dieu, devant qui la
fierté espagnole ne s'est jamais fait cette question sacri-
lége: « Qui sait si le génie n'est pas une de vos vertus ? »
Voici ce Napoléon si justement maudit pour son infâme
guet-apens de Bayonne par la noble et chevaleresque
nation; voici l'égoïste impitoyable qui n'a pas même,
comme d'autres conquérants, l'excuse d'avoir versé le
sang pour le triomphe d'une idée. A quoi s'occupe en
ce moment ce tueur d'hommes? Il s'obstine à sauver la
vie d'un papillon: ce sont là les « Antinomies du
génie* ».

« Il additionne, — moitié épouvanté, moitié courroucé, —
toutes les morts qu'au monde — a coûté la gloire impériale, —
et, quand déjà va resplendir — un chiffre formidable, — un
papillon s'élance — sur la flamme de la lampe pour y mourir.
— En voyant sa mort prochaine, — le héros fut pris de com-
passion, — car enfin, bien que Napoléon, — c'était un fils de
la femme — ...Celui qui put donner aux hommes — le nom
de chair à canon — voit un insecte en péril — avec la peine
dans le cœur... — Ils continuent à s'obstiner — tous deux avec
frénésie, — la bestiole à mourir, — Napoléon à la sauver; —
il la sauve enfin. Victoire! — s'écrie avec allégresse — celui
qui faisait et défaisait — l'histoire à coups de canon. »

Napoléon sensible à la pitié! qu'on nie encore les
vertus humaines! Notre misanthrope ne les nie pas, il
constate seulement que nous les plaçons mal: « Bonnes
choses mal disposées**. »

« Le Seigneur, en bénissant l'homme, lui a dit: — Si tu
ennoblis avec cela ton existence, — tu seras ma créature de
prédilection — et, comme preuve de son éternelle munificence,

* Dolora LXXVI.
** Dolora XXVIII.

— il jeta à ses pieds, avec une joie paternelle, — la foi, l'amour, la gloire, la conscience, la vertu, le sentiment. »

Voyons ce que l'homme a fait de ces présents. Il a placé le sentiment dans l'épiderme : « Il n'est plus sensible qu'à la chaleur et au froid. » Il a mis la conscience dans son estomac et « c'est la faim qui la règle ». L'honneur et la vertu n'existent que sur sa langue. L'amour (ici Chamfort est plus amer et plus cynique), l'amour est « un feu qui se dissipe en fumée ». La foi et la gloire ne sont qu'un songe.

Est-il juste de ranger Campoamor parmi les misanthropes ? Étrange question, à ce qu'il semble ! Et pourtant, ce philosophe, qui voit si bien la difformité de l'homme, qui peut-être même se l'exagère, ne hait point pour cela l'espèce humaine : il est de ceux que le mépris conduit à l'indulgence.

> ... Son esprit n'est pas plus offensé
> De voir un homme fourbe, injuste, intéressé,
> Que de voir des vautours affamés de carnage,
> Des singes malfaisants et des loups pleins de rage.

Campoamor fait parfois songer à notre Anatole France, à cet Attique incapable d'indignation, à ce pessimiste souriant qui a mis une onction presque religieuse dans l'impiété même et qui a donné à la misanthropie je ne sais quel accent de clémence et de charité. Et pourquoi s'indigner s'il entre plus de frivolité et de faiblesse que de malice préméditée dans les défaillances de l'homme, si des ritournelles de chansonnettes, « *tururu* et *tarara* », sont le premier et le dernier mot de toutes les langues et de tous les systèmes, si, même à l'agonie, nos pauvres cervelles sont obsédées de refrains puérils ? Savez-vous ce qu'on pense en mourant * ?

* Dolora CXXIV.

« L'opinion vulgaire croit — que l'âme d'un mourant — pense bien moins à ce monde — qu'à Dieu et à son salut. — Ecoute, Léonor, la chanson — qui frappa ma pensée — au rhythme lugubre de ma cloche funéraire : — Coucou, chantait la grenouille — Coucou, au fond du ruisseau. »

Demanderons-nous aux ivresses du plaisir, aux ravissements de l'amour l'oubli de notre misère infinie? Là encore de cruels mécomptes nous attendent. Lucrèce voyait dans Tityus déchiré par les vautours l'image exacte de l'amant torturé par l'angoisse, et le plus désespéré de nos poètes s'écrie à son tour :

Au sein des vains plaisirs que j'appelle à mon aide,
J'éprouve un tel dégoût que je me sens mourir !

Sans exhaler sa douleur en de pareils sanglots, Campoamor sait ce que valent les plaisirs. Tour à tour, il exalte l'amour et il le déprécie, il fait l'apothéose de la beauté et il en proclame le néant.

« Gloire au baiser * — gloire à cette condensation — de l'éternité tout entière, — hymne à la perpétuité — dont le son mystérieux, — sans que le cœur l'entende, — retentit dans la postérité ! »

Et cependant nos plaisirs sont tristes ** :

« Combien il avait raison — celui qui a dit sagement — que la jouissance est la source du dégoût ! »

Sans aller comme Renan jusqu'à faire de la beauté l'égale de la vertu même, triste sophisme d'un vieillard que Dieu livre aux égarements tardifs de la chair et des sens, comme pour punir en lui l'orgueil de la

* Dolora XXXIX.
** Dolora XXXIV.

pensée ! sans aller jusque-là, Campoamor considère la beauté comme le don le plus précieux que la femme ait reçu du ciel. Je traduis la Dolora LXXIII, fin et morale de l'*Iliade* :

« Quand Troie eut disparu, la sévère Sparte — son roi étant mort, lasse d'impudicité, — sans pitié exila Hélène à Rhodes — où la jalouse Polyxène la fit étrangler. — Mais, avant que l'honneur du beau sexe, comme un cygne mourant, pliât le cou, — le bourreau lui dit : Par hasard — préfères-tu ta beauté au bonheur ? — La reine qui te veut tant de mal — te laissera vivre si tu t'enlaidis ; — *mets ces herbes sur ton visage, ô belle !* et, devenue horrible, tu vivras heureuse. — Ne vaut-il pas mieux être laide et fortunée — que belle et vouée au malheur par ta beauté ? — Le bourreau se tut et soupira, mais elle, — préférant le néant à la perte de sa beauté, saisit le nœud coulant et se le passa au cou, et ainsi, — à sa beauté fidèle, elle se donna la mort. »

A cette adoration tout hellénique, toute payenne de la beauté, une autre pensée répond qui semble inspirée par l'Ecclésiaste :

« N'est-ce donc qu'une ombre [*], la tendresse ? — Pas autre chose ! — Ces fleurs dont avec orgueil ton front se divinise, — tu vas voir — comme elles seront cendre demain. — Quoi ! de la cendre ? — Pas autre chose ! »

Les joies du cœur ne sont qu'illusion :

« Tu m'as écrit avec exaltation [**] : — En regardant cette étoile, — j'ai uni à ton regard de feu — mon amoureux regard. — Mais tout cela fut une illusion ; cette nuit-là — (et cela me fait bien de la peine) — je n'ai pu voir notre étoile chérie — parce qu'à Londres il pleuvait. »

[*] Dolora XI. « A Octavia. — Vanité de la beauté. »
[**] Dolora CXXVIII. « Un rendez-vous au ciel. »

Où donc est le souverain bien ? C'est ici qu'une âme chrétienne demanderait à Dieu ce que la chair et le monde lui refusent. Mais Campoamor, respectueux d'ailleurs des croyances religieuses, se méfie de la foi même comme d'une source nouvelle d'illusions.

« Aujourd'hui *, je me rappelle avec effroi — qu'étant petit enfant je priai un jour — devant un buste que je croyais l'image d'un saint ; — mais quand j'atteignis l'âge de raison, je sus — que le saint devant qui j'avais prié — était un buste de Néron. »

Un seul refuge reste à de pareilles âmes : non pas la mort, qui est une renaissance, mais celle qui nous anéantirait tout entiers, celle que Lucrèce proclame le plus tranquille de tous les sommeils : « *Nonne omni somno securius exstat?* » Celle que le Séjan de Cyrano salue de ces vers formidables :

> Une heure après la mort, notre âme anéantie
> Sera ce qu'elle était une heure avant la vie.

Chaque âge se fait du bonheur une idée différente ; mais c'est la décrépitude qui en juge le mieux. Lisez ce beau et lugubre sonnet** :

« Qu'est-ce que l'Olympe ? Pour l'enfant, c'est un jeu — d'oiseaux, de musique et de fleurs ; — pour le jeune homme, un lupanar d'amours, — forme éternelle de l'Élysée grec.

» Et pour l'homme ? Pour l'homme aveugle, — c'est un temple de gloire et d'honneurs, — et le vieillard se le figure dans ses souffrances — comme un petit coin paisible et tranquille.

» Et pour la décrépitude, que devient-il — le séjour splendide de l'Olympe ? — Un non-être qui est moins que la mort.

---

* Dolora CLIX. « Aveuglement de la foi. »
** Dolora CXXXIII.

» Ainsi, de l'enfance à la vieillesse glacée, — on va trans-
formant l'Olympe de la sorte : — fleurs, amours, paix,
néant ! »

Ailleurs, le poète demande à la jeune mère si le
bonheur se trouve à son côté : « Mon enfant pleure sur
mon sein *. — Allez plus loin ! » Les belles lui répon-
dent : « Malheur à qui aime avec idolâtrie ! — Allez
plus loin ! » Les grands lui disent : « Vous voyez que
le poignard nous menace. — Allez plus loin ! » Le
bonheur est-il donc au bord de la tombe ? « Pas même
au bord de la tombe, s'écrient les vieillards. — Allez
plus loin ! »

Enfin, le poète espagnol évoque le sombre Léopardi** :

« Génie infortuné ! à son dernier moment — à son amie la
Mort il disait : — Donne-moi le néant, cette région du vide —
où il n'y a plus ni plaisir ni souffrance. — Avec mon corps tue
mon âme — cette amère racine de la pensée. — La Mort
lui répond : Espère, espère ! — Pour te payer de m'avoir tant
aimée, — demain, je te donnerai la mort entière — et tu
retourneras à l'état de ce qui n'a jamais été. »

Que Léopardi ait été le grand désolé de ce siècle sans
foi, cela se comprend : plus que personne il a souffert
dans sa fierté civique humiliée, dans ses tendresses
trompées, dans sa chair meurtrie. Mais Campoamor,
comblé de tous les dons de Dieu, en arrive à mêler sa
voix à cette voix désespérée; cela étonne. Léopardi
gémit sur sa propre misère : Campoamor est un privi-
légié et sa plainte n'est pas moins poignante. C'est que
tout manque aux âmes à qui Dieu manque. Dans une

* Dolora XXXV. « Le bonheur c'est la mort. »
** Dolora CXLIX.

situation plus cruelle que celle de Léopardi lui-même,
la jeune fille chrétienne dont parlent les *Soirées de
Saint-Pétersbourg*, aveugle, torturée par l'insomnie,
la face rongée par un cancer, conservait la sérénité et
la joie, grâce à l'ardeur de sa foi et aux saintes espé-
rances de la félicité prochaine : « Je ne suis pas, disait-
elle, aussi malheureuse que vous pensez : Dieu m'a
fait la grâce de ne penser qu'à lui ! * »

———————

Nous avons insisté sur le philosophe, il nous reste à
dire quelques mots de l'artiste. C'est une erreur très-
commune en France de se figurer la poésie espagnole
toujours démesurée, exubérante, luxuriante et empha-
tique à l'excès. Telle n'est pas la poésie de Campoamor.
Il est au contraire de ces Attiques qui condensent leur
pensée, savent se borner, aiment la concision, la netteté
des contours, la sobriété, et qui, pour parler comme
Horace, « ménagent leurs forces et les atténuent à des-
sein. » L'insuffisante traduction de quelques Doloras
(toute traduction d'un poète est nécessairement insuffisante) peut cependant donner une idée de sa façon de
traiter poétiquement une idée philosophique. On ne
trouve pas chez lui la richesse splendide, la prodigieuse
abondance d'images neuves et hardies qui éblouissent
dans *Plein ciel*, le *Satyre* et la *Trompette du juge-
ment*. Ce n'est pas non plus le vers trop condensé de
Sully-Prudhomme, parfois bourré d'idées au point
d'en éclater. C'est l'aisance d'une pensée, pour ainsi
dire canalisée, qui ne s'étale pas en vastes lacs dor-
mants, et qui jamais non plus ne se précipite, torrent

* *Soirées de Saint-Pétersbourg.* — Troisième entretien.

mugissant, en détroits défilés de rochers. Dussent les
Allemands lui en savoir mauvais gré, il est infiniment
plus limpide et plus clair qu'on ne pouvait l'espérer
d'un Hégélien et d'un Bouddhiste. Chez lui, la philosophie est Hindoue et Germanique, l'art est absolument latin.

Son vers de prédilection, c'est l'heptasyllabique aisé
des *cantares* populaires. Mais il le varie avec art par
des combinaisons savantes et d'heureux enlacements
de rimes. Tantôt c'est la *quintilla*, stance de cinq vers
sur deux rimes, chère aux vieux lyriques espagnols, et
dont Victor Hugo a fait un si bon usage dans la *Sul-
tane favorite* * ; tantôt c'est la strophe de six vers où
deux fois reparaissent deux heptasyllabiques et un
vers de trois syllabes, le premier rimant avec le
quatrième, le second avec le cinquième, le troisième
avec le dernier. La majesté solennelle du décasyllabe à
rimes plates convient à merveille à la sérénité mélancolique de la pensée dans la « fin de l'*Iliade*. » Une forme
souverainement belle, que chez nous un poète, Espagnol d'origine, a poussée à la perfection, le sonnet
apparaît quelquefois dans les Doloras ; mais ce qui
prédomine, c'est le quatrain d'heptasyllabiques en
rimes alternées : la facilité un peu vulgaire de ce
rhythme est corrigée heureusement par la précision
sévère du style. Nos Romantiques et surtout nos Par-
nassiens ont si bien raffiné sur la richesse et plus encore
sur la rareté de la rime que, chez nous, les délicats ne
tolèrent plus qu'on fasse rimer un verbe avec un verbe,
un substantif avec un substantif : la consonne d'appui
ne leur suffit plus, il faut que le plaisir intellectuel de
l'imprévu vienne doubler le plaisir de l'oreille. On est

* Orientale XII.

arrivé ainsi à d'étonnantes merveilles de facture, mais à quel prix ? En imposant la gêne la plus cruelle à la pensée poétique. A moins d'être Hugo ou Banville, on ne peut plus s'en tirer. La source abondante menace de tarir en éblouissante stalactite. Les Espagnols, tout en reconnaissant le prix infini de la rime riche et de la rime rare, se sont gardés jusqu'ici de se condamner à un pareil labeur. Je l'avoue : Campoamor ne saurait rivaliser comme orfèvre et comme lapidaire avec Théophile Gautier. Il se borne à sculpter le marbre, sans prétendre graver en pierre dure; l'aquarelle et l'huile suffisent à son ambition, qui ne va pas jusqu'aux émaux. Chez un peuple où la rime même est un luxe dont tant de poètes se passent fort bien, cela ne semble pas une négligence. On permet à Campoamor de ne point disputer aux virtuoses de notre Parnasse le prix de la fugue et du contrepoint et d'être parfois simplement « le joueur de musette de Gijon » ; il n'en est pas moins la plus séduisante sirène de la poésie espagnole.

Que la catholique Espagne prête l'oreille à ces exquises chansons, mais qu'elle n'en soit point fascinée au point d'aller faire naufrage sur les récifs dangereux des mers germaniques. Pour concilier son plaisir avec sa sécurité, qu'elle imite la prudence d'Ulysse. Elle qui, depuis tant de siècles, vogue vers la lumière, et qui a confié ses destinées à la barque du Prince des Apôtres, qu'elle écoute les suaves mélodies de Campoamor, mais qu'en les écoutant elle ne cesse pas un instant de tenir embrassé l'arbre salutaire de la croix.

Nevers, 2 février 1895.

Nevers G. Vallière, imp.

www.ingramcontent.com/pod-product-compliance
Lightning Source LLC
Chambersburg PA
CBHW061748180626
46818CB00006B/2795